CENAS LONDRINAS

VIRGINIA WOOLF

CENAS LONDRINAS

Tradução de
MYRIAM CAMPELLO

6ª edição

Rio de Janeiro, 2023

CIP-BRASIL. CATALOGAÇÃO NA PUBLICAÇÃO
SINDICATO NACIONAL DOS EDITORES DE LIVROS, RJ

W856c
6ª ed.
Woolf, Virginia, 1882-1941
    Cenas londrinas / Virginia Woolf; tradução de
Myriam Campello. – 6ª ed. – Rio de Janeiro:
José Olympio, 2023.

   Tradução de: The London scene
   ISBN: 978-85-03-01312-3

   1. Ensaio inglês. I. Campello, Myriam. II. Título.

16- 38815
CDD: 824
CDU: 821.111-4

Copyright © Espólio de Virginia Woolf, 1975, 2017
Título original do inglês: THE LONDON SCENE

EDITORA AFILIADA

Este livro foi revisado segundo o novo Acordo Ortográfico da Língua Portuguesa.

Todos os direitos reservados. Proibida a reprodução, armazenamento ou transmissão de partes deste livro, através de quaisquer meios, sem prévia autorização por escrito.

Reservam-se os direitos desta tradução à
EDITORA JOSÉ OLYMPIO LTDA.
Rua Argentina, 171 – 3º andar – São Cristóvão
20921-380 – Rio de Janeiro, RJ
Tel.: (21) 2585-2000.

Seja um leitor preferencial Record.
Cadastre-se no site www.record.com.br e receba informações sobre nossos lançamentos e promoções.

Atendimento direto ao leitor:
sac@record.com.br

ISBN 978-85-03-01312-3

Impresso no Brasil
2023

Sumário

A outra face de Virginia Woolf, por Ivo Barroso   7

As docas de Londres   21

Maré da Oxford Street   35

Casas de grandes homens   45

Abadias e catedrais   55

"Esta é a Câmara dos Comuns"   67

Retrato de uma londrina   79

A história de *Cenas londrinas*   89

Índice de pessoas e lugares   93

A outra face de Virginia Woolf

Ivo Barroso

Durante a Segunda Guerra Mundial, Virginia Woolf, que se refugiara dos bombardeios de Londres em Monk's House, sua casa de campo em Rodmel, escreveu à sua amiga Ethel Smyth:

> Que estranho é ser uma mulher do campo depois de tantos anos sendo uma londrina típica! É possível que esta seja a primeira vez em minha vida que não tenha um teto em Londres... Você nunca compartilhou de minha paixão por essa grande cidade. No entanto, em algum nicho estranho de minha mente sonhadora, ela é tudo quanto representa Chaucer, Shakespeare, Dickens. Eis o meu único patriotismo.

Essa paixão pela cidade, que Virginia mais de uma vez evoca em suas obras maiores, tornou-se patente pela descoberta neste ano de um relato (conto? crônica?) na biblioteca da Universidade de Sussex, no sul da Inglaterra, que viria completar a série de cinco outros relatos já publicados nos anos 1970 sob o título *The London Scene* [Cenas londrinas], mas que se tornou definitivamente uma obra rara pouco tempo depois de sua publicação. Escritas entre 1931 e 1932, as cinco narrativas descrevem minuciosamente os passeios de Virginia pelas docas do East Side, subindo o curso do rio para o sul, até a chegada ao cais de desembarque de Tilbury, em plena agitação de sua vida comercial. Em outro percurso, a partir da buliçosa Oxford Street e a extravagante variedade de seu comércio excessivamente popular, a caminhada segue e serpenteia pelos grandes edifícios da *City* e adjacências, e Virginia se detém a contemplar a magnificência da catedral de St. Paul e a austeridade da abadia de Westminster. Daí prossegue em busca das casas de escritores ilustres e termina com um passeio insólito pelas "salas dos homens" da Câmara dos Comuns. O sexto relato — agora encontrado pela editora londrina Emma

Cahill, que pretendia reeditar *The London Scene* — denomina-se Retrato de uma londrina e suspeita-se que sua exclusão dos primitivos cinco se deva ao fato de ser o único em que o protagonista é um personagem fictício. Informa mrs. Cahill: "A personagem do conto é mrs. Crowe, uma londrina típica, homenagem da autora à vida cotidiana da mulher inglesa."

Talvez esse último relato represente uma espécie de contraponto ao tom excessivamente *masculino* que Virginia Woolf havia assumido nas descrições anteriores. Queremos dizer com isto — como se verá em seguida — que a visão inicial, inteiramente objetiva e quase fotográfica da autora, abre aqui um pequeno espaço para as suas introspecções e considerações de cunho social. Segundo Lúcia Miguel Pereira, uma de suas mais argutas analistas no Brasil,

> há em Virginia Woolf uma crítica e uma romancista tão diversas, por vezes tão opostas entre si (...): uma é tão incisiva e lógica, como lírica e fluida a outra; aquela afirma, define, usa processos diretos, palavras precisas; esta sugere, esbate, avança sinuosamente por meio de frases algum tanto preciosas,

irisadas, sutis (...) Com aquele [espírito racionalista] fez crítica, com esta [sensibilidade feminina] romances. Toda graça, às vezes até um pouco maneirosa, toda suavidade e meiguice se mostra na ficção; toda clareza, ousadia e penetração aparece nos ensaios.

Os leitores brasileiros estão mais familiarizados com as manifestações dessa primeira característica: todos os grandes romances de Virginia foram traduzidos em português, às vezes em até mais de uma versão, e os aspectos marcantes de sua vida relatados em pelo menos três biografias. Mas seus ensaios, como o precioso *O leitor comum*, e também *Um teto todo seu*, só foram desfrutados por uns poucos e serão ínfimos os *happy few* que tiveram a oportunidade de, em sua companhia, admirar a visão destas *Cenas londrinas*. Nesta obra — quase totalmente desconhecida e sem dúvida uma de suas mais peculiares, já que se arregimenta entre as não ficcionais —, o leitor terá agora oportunidade de apreciar esse outro aspecto da produção virginiana, que até então permanecia rarefeito.

Para os poucos que não se aprofundaram no conhecimento da personalidade da autora, alguns lances de sua vida, no entanto, são necessários de se rememorar para o justo entendimento dessa "dicotomia" a que antes nos referimos: Virginia (Adeline V. Stephen) Woolf (1882-1941) nasceu em Londres e filha do crítico e historiador Leslie Stephen (1832-1904); sua mãe, Julia Duckworth, morreu quando Virginia tinha 13 anos, deixando-a com os primeiros sinais de depressão, agravados com a morte do pai, nove anos depois, quando ela tentou o suicídio atirando-se pela janela. Seus escritos biográficos, durante muito tempo inéditos, revelam que aos 6 anos sofreu abuso sexual por parte de seu meio-irmão, Gerald. Começou a escrever profissionalmente em 1905, de início para o *Times Literary Supplement*, artigos de crítica e contos, nem sempre assinados, o que tem dado grande trabalho de identificação aos seus pesquisadores. Em 1909, Giles Lytton Stranchey (1880-1932), escritor e historiador, dândi e homossexual, pediu-a em casamento, mas o pedido, embora aceito, foi retirado em seguida, e Virginia acabou se casando logo depois com o intelectual Leonard (Sidney) Woolf. O casal foi viver numa casa de campo em Sussex, onde Virginia escreveu seu primeiro romance: *The Voyage Out*, publicado em 1915 e editado entre nós com o título de *A viagem*. Os Woolf montaram uma pequena editora para uso pessoal, que depois se tornou a prestigiosa The Hogarth Press, editando obras de grandes nomes da literatura inglesa como T. S. Eliot, Katherine Mansfield, E. M. Forster, e traduzindo para o inglês textos de Freud, Proust e Rilke. Em 1923, retornaram a Londres, e Virginia voltou a ser acometida por acessos de loucura e constante desconforto com sua condição de mulher, o que a levou a se internar várias vezes para tratamento. Em 1925, já mantendo uma estranha atração por sua irmã, Vanessa, veio a conhecer a aristocrata bissexual Vita (Victoria) Sackville-West (1892-1962), casada com o homossexual Harold Nicolson, e iniciou com ela um relacionamento platônico que durou dezoito anos. A ela dedicou o romance *Orlando* (1928). Sabe-se que os respectivos maridos também trocavam figurinhas e outras coisas entre si. Em 1932, com a morte de seu primeiro pretendente, Lytton Stranchey, as crises depressivas de Virginia retornaram, mais frequentes. Desesperada com seus tormentos existenciais, recorreu ao suicídio, redigindo três cartas — duas ao marido —, numa das quais dizia:

> Sinto que não podemos atravessar outra dessas crises terríveis. Não vou me recuperar desta vez. Começo a ouvir vozes e não consigo me concentrar. Então estou fazendo o que me parece ser melhor. Você me proporcionou a maior felicidade possível... Não posso mais lutar, sei que estou destruindo a sua vida, que sem mim você poderá realizar-se.

No dia 28 de março de 1941, Virginia encheu de pedras os bolsos do seu casaco e afogou-se no rio Ouse, perto de sua casa. O corpo foi encontrado três semanas depois numa das margens e suas cinzas foram enterradas sob um dos grandes olmeiros da propriedade onde viveu.

Talvez por ter projetado em sua obra alguns desses caracteres ambivalentes de sua personalidade, o que chamamos aqui de "visão masculina" da autora, ao falarmos de *Cenas londrinas*, é que nela, como observou acima Lúcia Miguel Pereira, a clareza do estilo, a precisão do vocabulário, inclusive técnico, a apreciação de aspectos materiais de maior interesse para o público masculino que para o feminino, predominam sobre a conhecida fluidez e sutileza da autora enquanto ficcionista. A realidade ensaística de Virginia como se contrapõe à indecisão, à ambiguidade de sua obra literária. A visão aqui é analítica, quase científica, sem obscurecer, no entanto, sua "sensibilidade de ver". Essa sensibilidade (mais exatamente essa hipersensibilidade) — decorrente de sua indecisão ou ambiguidade sexual, seus traumas e depressões — reflete-se visivelmente em sua literatura. Diga-se que ela foi um dos primeiros autores ingleses a pôr em prática o *stream of consciousness* (aproximadamente, o fluxo de consciência), aboliu a exposição sistemática e linear da ação, da descrição e/ou do enredo, e subverteu o conceito do tempo literário. Ou, nas palavras de E. M. Forster, "ela impulsionou a língua inglesa um pouco mais para dentro da escuridão".

Tal obscuridade — essa "escuridão" estilística ou psicológica — inexiste em seus ensaios: neles (ou aqui, no caso de *Cenas londrinas*) tudo é claro e objetivo, e embora a narrativa não tenha a frivolidade dos guias turísticos, o leitor se sente na companhia de uma mulher inteligente e sensível que o leva a "conhecer sua cidade" no que ela tem de mais objetivo e "inglês":

seu comércio, sua navegação, seus edifícios públicos, seus homens ilustres, suas casas legislativas. Não há jardins, nem flores, nem líricos passeios à margem do Tâmisa; ali podem-se ver apenas barcaças e navios que vão e vêm em suas viagens comerciais, muito lixo, armazéns e depósitos de mercadorias. E o leitor certamente se surpreenderá com a curiosidade da autora, capaz de levá-la, gambiarra à mão, a percorrer as extensas adegas subterrâneas onde envelhecem, armazenados, milhares de tonéis de vinho. A descrição do trabalho das gruas, com seus movimentos pendulares e oscilantes, apreendendo e transladando as cargas, além de configurar um quadro naturalista perfeito, faz vibrar, aqui e ali, uma nota quase humana, como se a autora visse nesses guindastes os futuros substitutos dos estivadores.

Embora na carta à sua amiga, a sufragista e compositora Ethel Smyth, Virginia Woolf tenha pretendido dizer que seu conceito de "patriotismo" se limitava a associar o país à evocação da grandeza de seus vultos ilustres, como Chaucer, Shakespeare e Dickens — talvez pelo seu desencanto com os rumos nada pacifistas pelos quais a Inglaterra enveredou logo ao término da Primeira Grande Guerra —, o certo é que a escritora, como se pode depreender desta primeira narrativa, tinha a ingênua noção de que os países pobres cresciam e prosperavam pelos benefícios que a Grã-Bretanha lhes proporcionava adquirindo seus produtos. Ela vê a chegada de mercadorias vindas de regiões remotas do globo, para serem desembarcadas nas docas do Tâmisa, como uma benesse para os países que as exportavam, e não como a espoliação a que o Império submetia os colonizados pela imposição de preços aviltantes e a manutenção das condições primitivas de produção e exploração de seus produtos.

Na descrição que faz do tumultuado comércio ambulante da Oxford Street de seu tempo, Virginia não deixa de acrescentar, com certo laivo de elitismo, que essa rua "não é a mais distinta de Londres" e que os dândis e moralistas "têm seus nichos secretos próximos à Hannover Square". As novas fortunas que edificaram suntuosas construções ao longo da via fizeram-no segundo o espírito da época, ou seja, frágeis e ostensivas, bem diversas das sólidas mansões dos antigos Percy e Cavendish do Strand. Mas Virginia não é saudosista e arremata: "O encanto da Londres moderna é ser construída não para durar, é ser construída para passar." E no burburinho do tráfego e da intensa movimentação dos ambulantes, seus olhos percucientes descobrem uma cena inusitada: "ver uma mulher parar e acrescentar uma tartaruga a seu monte de pacotes talvez seja a visão mais rara que olhos humanos podem divisar".

Nas perambulações em visita a casas de homens famosos, Virginia tem, em Cheyne Row n° 5, onde viveu Thomas Carlyle, Jane Welsh e Helen, sua única empregada, a visão perfeita das condições precárias em que viveram esse gênio da historiografia e da crítica inglesas, e sua idolatrada esposa — uma casa sem água encanada, sem luz e sem gás, onde o inverno era a única das quatro estações do ano. Vendo na casa o retrato perfeito de seus antigos e ilustres ocupantes, a autora termina com a curiosa observação de que Carlyle não teria sido Carlyle se tivesse vivido em pleno conforto, com luz abundante e água quente nas torneiras.

Interessante é o paralelo que faz entre a catedral de St. Paul e a abadia de Westminster, comparando a primeira à "confusão democrática da rua", e a segunda a uma "brilhante assembleia de homens e mulheres da mais alta distinção". Aqui não foi possível disfarçar sua preferência elitista, no caso agravada pela opção religiosa. E é com algum escárnio que descreve a figura de parlamentares anônimos e decerto provincianos a fazerem perguntas desembaraçadas ao primeiro-ministro e a outros membros do governo.

A narrativa final, "Retrato de uma londrina" é o epílogo perfeito das observações anteriores. Aqui, no entanto, o olhar da autora não se fixa em objetos, lugares ou instituições, mas na figura humana típica da mulher de classe média inglesa. E esta adquire impressionante nitidez, talvez mais do que as casas e monumentos, exatamente por ser uma ficção; é um personagem, uma criação de Virginia Woolf, mas com a nítida intenção de criar um clichê da sociedade inglesa, com sua tendência à bisbilhotice, à afetação de insensibilidade e obediência às convenções. Figura emblemática, síntese deste conjunto de retratos perfeitos. Creio que estas *Cenas londrinas* ficariam incompletas sem a presença de mrs. Crowe, pois é exatamente descrevendo-a que a autora conseguiu dar ao leitor a visão de um microcosmo representativo de toda uma nacionalidade. Feliz do leitor brasileiro que poderá agora apreciar tais relatos *au grand complet*.

Cenas londrinas

As docas de Londres

"Para onde, ó esplêndido navio", perguntou o poeta, observando da praia o grande veleiro desaparecer no horizonte. Talvez, como ele imaginasse, seu destino fosse algum porto do Pacífico; mas um dia, ouvindo sem dúvida um chamado irresistível, a embarcação chegou a North Foreland e a Reculvers, entrou nas águas estreitas do porto de Londres, deslizou pelas margens baixas de Gravesend, Northfleet e Tilbury até Erith Reach, Barking Reach e Gallion's Reach, passou pelos gasômetros e estações de esgoto até encontrar, exatamente como um carro no estacionamento, o espaço a ele reservado nas águas profundas das docas. Ali, recolheu as velas e deitou âncora.

Por mais românticos, livres e caprichosos que possam parecer, dificilmente há um navio nos mares que cedo ou tarde não ancore no porto de Londres. De uma lancha no meio da corrente pode-se vê-los navegando rio acima ainda com todas as marcas da viagem. Os navios de passageiros chegam com seus altos conveses, cobertas, toldos, viajantes agarrando as bagagens e debruçando-se sobre a amurada, enquanto os marinheiros indianos tropeçam e se agitam lá embaixo — e assim vão chegando mil desses grandes navios a cada semana para ancorar em casa, nas docas de Londres. Abrem caminho majestosamente através de uma multidão de cargueiros a vapor, transportadores de carvão, barcaças com pilhas do mesmo material e oscilantes barcos de velas vermelhas; embora amadores na aparência, trazem tijolos de Harwich ou cimento de Colchester, pois tudo é comércio, não há qualquer embarcação de lazer nesse rio. Atraídos por uma irresistível corrente, chegam das tempestades e calmarias do mar, do seu silêncio e solidão, para o ponto de ancoragem que lhes é atribuído. Os motores param; as velas são recolhidas; e, de súbito, as ostentosas chaminés e os altos mastros exibem-se desajeitadamente contra uma fileira de casas de operários, contra as paredes negras de enormes armazéns. Uma curiosa mudança então ocorre. Os navios não têm mais a perspectiva adequada de mar e céu por trás deles, assim como já não dispõem do espaço apropriado para esticar os membros. Jazem ali cativos, amarrados em terra firme como criaturas aladas atadas pela perna ao pairarem nas alturas.

Respirando a maresia soprada pelo vento, nada pode ser mais estimulante do que observar os navios subindo o Tâmisa — os grandes e os pequenos, os avariados e os esplêndidos, vindos da Índia, Rússia, América do Sul e Austrália, chegados do silêncio, do perigo e da solidão, passando por nós de volta ao abrigo. Contudo, uma vez as âncoras lançadas, uma vez que os guindastes iniciam seus mergulhos e oscilações, parece o fim do clima de romance. Se virarmos e passarmos pelos navios ancorados e seguirmos em direção a Londres, defrontamo-nos certamente com a perspectiva mais desoladora do mundo. As margens do rio estão crivadas de encardidos armazéns de aparência decrépita, amontoados numa terra que se tornou pantanosa, feita de lama escorregadia. O mesmo ar de decrepitude e decadência esmaga todos. Se uma janela é quebrada, assim continua. Um incêndio que recentemente tisnou um deles fazendo-o prorromper em bolhas não parece deixá-lo mais miserável e infeliz que seus vizinhos. Por trás dos mastros e chaminés, jaz uma sinistra cidade anã de casas operárias. Há guindastes e armazéns em primeiro plano; andaimes e gasômetros enfileiram-se e margeiam uma arquitetura-esqueleto.

Após hectares dessa desolação, há subitamente a visão desconcertante ao se passar flutuando e ver uma casa de pedra em meio a um campo verdadeiro, com um grupo compacto de árvores verdadeiras. É possível que haja terra, que tenha havido outrora campo e colheita sob tal desolação e desordem? Árvores e campos parecem sobreviver, incongruentes, como uma amostra de outra civilização entre as fábricas de papel de parede e de sabão que eliminaram os antigos relvados e terraços. Com uma sensação de incongruência ainda maior, passa-se por uma velha igreja cinzenta provinciana que ainda toca o seu sino e mantém verde o seu terreno como se a gente dos arredores ainda atravessasse os campos para o serviço religioso. Mais além, uma pousada com janelas bojudas e salientes continua a exibir um estranho ar de devassidão e de quem abriga prazeres. Em meados do século XIX, era local favorito para escapadas, figurava em alguns dos mais famosos casos de divórcio da época. Agora o prazer se foi e o trabalho chegou; mas a pousada continua ali, dilapidada como uma beldade em seus vistosos atavios noturnos olhando lá fora os terrenos lodosos e as fábricas de velas, enquanto os montes malcheirosos de terra, acrescidos sempre por novas pilhas atiradas pelos caminhões, já devoraram totalmente os campos onde, há cem anos, perambulavam amantes colhendo violetas.

À medida que continuamos subindo o rio em direção a Londres, deparamo-nos com o lixo que desce. Pilhas de baldes velhos, lâminas de barbear, rabos de peixes, jornais e cinzas — o que quer que deixemos nos pratos e joguemos no lixo — são despejados por barcaças na terra mais desolada do mundo. Por cinquenta anos, os extensos montes fumegam e emitem seus vapores acres, sufocantes, abrigam inúmeros ratos e fazem despontar um mato compacto, externo e áspero por ali. O monte de lixo torna-se mais e mais alto, mais espesso, seus flancos mais entortados pelas latas de alumínio, seus cumes de cinza mais angulosos ano após ano. De súbito, passando por toda essa sordidez, um grande navio de passageiros desliza indiferente com destino à Índia: abre caminho através de barcaças de lixo e barcaças de dejetos, dragando seu caminho até o mar. Um pouco adiante, do lado esquerdo, somos surpreendidos — a visão constrange mais uma vez todas as nossas perspectivas todas as proporções — pelo que aparentemente são as edificações mais majestosas já erguidas pela mão do homem. Com todas as suas colunas e cúpulas, o Greenwich Hospital desce em perfeita simetria e alinha-se com a beira d'água, torna o rio novamente um imponente curso onde a nobreza da Inglaterra outrora prazerosamente caminhava por gramados verdes, ou descia os degraus de pedra até seus barcos de lazer. À medida que nos aproximamos de Tower Bridge, a autoridade da cidade começa a se impor. As construções se adensam e se empilham, cada vez mais altas. O céu parece carregado de nuvens mais pesadas e purpúreas. As cúpulas parecem inchar; os pináculos das igrejas, esbranquiçadas pela idade, misturam-se às pontiagudas chaminés em forma de lápis das fábricas. Ouve-se o troar e a vibração de Londres. Ali finalmente desembarcamos no compacto e formidável círculo de pedra antiga, onde tantos tambores soaram e cabeças caíram, a própria Torre de Londres. Esse é o nó, a pista, o eixo de todos os dispersos quilômetros de desolação-esqueleto e atividade de formigueiro. Ali grunhe e rosna a áspera canção da cidade que atrai os navios do mar e faz com que permaneçam cativos logo abaixo de seus armazéns.

Das docas, descemos os olhos para o coração do navio atraído de suas andanças para a terra firme. Passageiros e malas desapareceram; os marinheiros também. Infatigáveis guindastes estão agora em atividade, arremessando e balançando, balançando e arremessando. Barris, sacas, caixotes içados e transportados com regularidade para terra firme. Ritmicamente, habilmente, com uma ordem que produz certo deleite estético, barril é depositado junto a barril, caixa junto a caixa, tonel junto a tonel, um atrás do outro, um em cima do outro, um ao lado do outro em intermináveis arranjos pelas aleias e galerias dos imensos armazéns de teto baixo, simplórios, comuns, inteiramente comuns. Madeira, ferro, grãos, vinho, açúcar, papel, sebo, frutas — seja o que for que o navio tenha recolhido das planícies, florestas e pastos do mundo inteiro é içado e depositado no lugar certo. Mil navios com mil cargas são descarregados toda a semana. E não só cada volume dessas diversas e variadas mercadorias é erguido e depositado com precisão; cada um deles é também pesado, aberto, testado e registrado, sendo novamente fechado e recolocado sem pressa, sem desperdício, sem afã, sem confusão, por poucos homens apenas de camisa que, trabalhando com a máxima organização pelo interesse comum — pois os compradores aceitarão sua palavra e se submeterão à sua decisão —, mesmo assim, são capazes de fazer uma pausa no trabalho e perguntar a um visitante ocasional: "Quer ver o que encontramos, às vezes, em sacas de canela? Olhe só essa cobra!"

Uma cobra, um escorpião, um besouro, uma lasca de âmbar, um dente estragado de elefante, uma bacia de mercúrio são algumas das raridades e esquisitices retiradas das várias mercadorias postas sobre uma mesa. Mas a não ser essa concessão única à curiosidade, o espírito das docas é severamente utilitarista. Esquisitices, belezas, raridades podem ocorrer, mas, em caso positivo, são imediatamente testadas por seu valor mercantil. Entre os círculos de presas de elefante no chão vê-se uma pilha de presas maiores e de cor mais acentuada do que o resto. Não é à toa que são marrons, pois são presas de mamutes congelados no gelo siberiano por 50 mil anos; mas 50 mil anos é algo suspeito aos olhos do especialista em marfim. Marfim de mamute tende a se deformar; não se pode fazer bolas de bilhar de mamutes, mas apenas cabos de guarda-chuvas e a parte de trás dos espelhos de mão mais baratos. Assim, se compramos um guarda--chuva ou um espelho que não seja da melhor qualidade, é provável que estejamos comprando a presa de um animal que vagava pelas florestas asiáticas antes de a Inglaterra ser uma ilha.

De uma presa se faz uma bola de bilhar, outra serve para uma calçadeira — cada produto no mundo foi examinado e classificado segundo seu uso e valor. O comércio é engenhoso e infatigável, ultrapassa os limites da imaginação. Nenhum só produto ou dejeto da terra, entre a miríade existente, deixou de ser testado e aplicado a algum uso possível. Para poupar espaço, os fardos de lã içados de um navio australiano são cingidos com um aro de ferro; mas tais aros não juncam o chão como lixo; enviados para a Alemanha, deles fabricam-se lâminas de segurança. A própria lã exsuda uma grosseira matéria oleosa.

Esse óleo, prejudicial aos cobertores, quando extraído serve para a fabricação de creme facial. Mesmo as rebarbas que se espetam na lã de certos tipos de ovelha têm a sua utilização, pois provam que a ovelha foi indubitavelmente alimentada em pastagens ricas. Nem uma rebarba, nem um tufo de lã, nem um aro de ferro são ignorados. A aptidão de tudo para seu próprio objetivo, a previsão e a prontidão dedicadas a cada processo vêm, como pela porta de trás, fornecer o elemento de beleza a que ninguém nas docas deu a mínima atenção. O armazém está perfeitamente adequado para ser um armazém; o guindaste para ser guindaste. A partir disso, a beleza começa quietamente a surgir. Os guindastes projetam-se e balançam; e há um ritmo em sua regularidade. As paredes do armazém escancaram-se para deixar entrar as sacas e os barris; mas através deles, vê-se todos os telhados de Londres, seus mastros e pináculos, e os movimentos inconscientes, vigorosos, de homens erguendo e descarregando. Como os barris de vinho exigem ser depositados de lado em câmaras frias, todo o mistério da obscuridade e toda a beleza das arcadas baixas são agregados a isso como uma dádiva.

As galerias subterrâneas e abobadadas do vinho exibem uma cena de extraordinária solenidade. Brandindo longas ripas de madeira em que lâmpadas foram afixadas, espiamos o lugar cuja aparência é a de uma vasta catedral, pipa após pipa jazem quietas numa obscurecida atmosfera religiosa, amadurecem gravemente, aperfeiçoam-se lentamente. Poderíamos ser sacerdotes cultuando no templo de alguma religião silenciosa e não apenas provadores de vinho e funcionários da alfândega perambulando por ali, agitando nossas lâmpadas por essa passagem, depois por outra. Um gato amarelo nos precede; fora isso, as câmaras estão destituídas de qualquer vida humana. Aqui, lado a lado, estão os objetos de nosso culto inchados da doce bebida, esguichando vinho tinto ao se abrir. Uma doçura avinhada enche a câmara como incenso. Aqui e ali, arde um jato de gás, na verdade, não para iluminar, ou pela beleza das arcadas verdes e cinzentas que ele invoca em interminável procissão, passagem após passagem, mas simplesmente porque uma certa quantidade de calor é exigida para suavizar o vinho. O uso produz beleza como produto secundário. Dos arcos baixos depende o crescimento de algo parecido com um algodão branco. Trata-se de um fungo, se é apreciável ou detestável não importa; é bem-vindo porque prova que o ar possui o grau certo de umidade para a saúde do precioso fluido.

Até mesmo a língua inglesa se adaptou às necessidades do comércio. As palavras tomaram forma de objetos e assumiram sua silhueta precisa. Pode-se procurar no dicionário em vão pelo significado das palavras *valinch, shrive, shirt* e *flogger*, mas no jargão de armazém elas surgiram naturalmente na ponta da língua. Da mesma forma, o leve golpe de cada lado do barril que faz a rolha pular ocorreu depois de anos de testes e experiências. É o mais rápido e eficiente dos gestos. A destreza não consegue avançar mais.

Passamos a sentir que somente uma mudança em nós mesmos pode mudar a rotina das docas. Por exemplo, se desistirmos de tomar clarete, ou passarmos a usar borracha em vez de lã nos nossos cobertores, toda a maquinaria de produção e distribuição estremeceria, hesitaria e buscaria adaptar-se de novo. Somos nós — nossos gostos, modas, necessidades — que fazemos os guindastes mergulhar e oscilar, que chamamos os navios do mar. Nosso corpo é o senhor deles. Exigimos sapatos, peles, bolsas, fogões, óleo, pudim de arroz, velas — e estes são trazidos até nós. O comércio nos observa ansiosamente para ver quais novos desejos começamos a desenvolver, que novas aversões. O indivíduo se sente um animal importante, complexo e necessário ao observar do cais os guindastes içarem esse barril, aquele caixote, aquele outro fardo dos porões dos navios ancorados. Porque alguém decide acender um cigarro, todos aqueles barris de tabaco da Virgínia são transportados até a praia. Rebanhos e mais rebanhos de ovelhas australianas submeteram-se à tosquia porque exigimos casacos de lã no inverno. Quanto ao guarda-chuva que balançamos ociosamente para a frente e para trás, seu cabo foi fornecido pela presa de um mamute vagando há 50 mil anos pelos pântanos.

Enquanto isso, o navio exibindo a *Blue Peter*[1] afasta-se lentamente da doca; mais uma vez virou a proa em direção à Índia ou à Austrália. No porto de Londres, contudo, os caminhões se espremem na ruazinha que sai das docas, pois houve uma grande venda; e as carroças estão se esfalfando para distribuir a lã por toda a Inglaterra.

---

1. Bandeira da marinha mercante. (*N. da T.*)

Maré da Oxford Street

Lá nas docas veem-se as coisas em sua crueza, seu volume, sua enormidade. Aqui, em Oxford Street, elas se mostram refinadas e transformadas. Os enormes barris de tabaco úmido foram enrolados em inúmeros cigarros bem-feitos envoltos em papel prateado. Os corpulentos fardos de lã estão tecidos em forma de finos coletes e meias macias. A gordura da lã espessa da ovelha tornou-se creme perfumado para peles delicadas. E os que compram e os que vendem sofreram a mesma mudança citadina. Lépida, amaneirada, em casacos pretos, em vestidos de cetim, a forma humana adaptou-se tanto quanto o produto animal. Em vez de transportar e içar, ela abre destramente gavetas, desenrola seda nos balcões, mede e corta com fitas métricas e tesouras.

Não é preciso dizer que Oxford Street não é a rua mais distinta de Londres. Sabe-se que os moralistas apontam um dedo de escárnio aos que compram ali, e eles têm apoio dos dândis. A moda tem nichos secretos próximos a Hannover Square, nos arredores de Bond Street, para onde recua discretamente a fim de realizar seus ritos mais sublimes. Em Oxford Street, há pechinchas demais, liquidações demais, artigos demais remarcados para um *shilling* e 11 *pence* quando ainda na semana passada custavam dois *shillings* e seis *pence*. A compra e a venda são espalhafatosas e estridentes. Mas enquanto se perambula na direção do poente — pois entre as luzes artificiais, montes de seda e ônibus faiscantes, um pôr do sol perpétuo parece pairar sobre Marble Arch —, o espalhafato e o colorido vulgar da grande maré da Oxford Street têm seu fascínio. É como o leito de seixos de um rio cujas pedras são eternamente lavadas por uma corrente translúcida. Tudo brilha e cintila. O primeiro dia da primavera faz surgir carrinhos de mão cheios de tulipas, violetas, narcisos em camadas brilhantes. Os frágeis dirigíveis redemoinham vagamente através da corrente do tráfego. Numa esquina, mágicos andrajosos fazem pedaços de papel colorido expandir-se dentro de copos de vidro em rígidas florestas com uma vegetação de tonalidades esplêndidas — um subaquático jardim de flores. Em outra, tartarugas descansam sobre a relva. As mais lentas e contemplativas das criaturas exibem suas atividades suaves em trinta ou sessenta centímetros de calçada, ciumentamente protegidas dos pés que passam. Infere-se que o desejo do homem pela tartaruga, como o desejo da mariposa pela estrela, é um elemento constante da natureza humana. Entretanto, ver uma mulher parar e acrescentar uma tartaruga a seu monte de pacotes talvez seja a visão mais rara que olhos humanos podem divisar.

Levando-se tudo em conta — os leilões, os carrinhos de mão, os modismos, o brilho — não se pode dizer que Oxford Street tenha uma personalidade refinada. É um solo de procriação, uma usina de sensações. Da calçada parecem brotar horríveis tragédias; os divórcios de atrizes, os suicídios de milionários ocorrem ali com uma frequência desconhecida nas calçadas mais austeras das áreas residenciais. As notícias mudam mais rapidamente do que em qualquer outra parte de Londres. A multidão ondulante parece apagar a tinta dos cartazes, consumi-los mais e exigir suplementos frescos de segundas edições com mais rapidez do que em outra parte. A mente se torna uma lousa perpetuamente mutante na forma, nos sons e nos movimentos; e Oxford Street desenrola nela uma contínua fita de visões, sons e movimentos mutáveis. Os pacotes se chocam contra superfícies, batem; os ônibus roçam o meio-fio; o clangor de toda uma banda de metais a pleno vapor diminui até uma delicada réstia de som. Ônibus, caminhonetes, carros, carrinhos de mão passam como um rio, divididos em peças do quebra-cabeça de um quadro; o braço branco se ergue; o quebra-cabeça torna-se mais denso, coagula, para; o braço branco afunda e o quebra-cabeça escorre de novo, riscado de veios, torto, em balbúrdia, em perpétua corrida e desordem. As peças do quebra-cabeça nunca se ajustam, por mais que olhemos.

Nas margens desse rio de rodas em movimento nossos modernos aristocratas construíram palácios, exatamente como outrora os duques de Somerset e Northumberland, os condes de Dorset e Salisbury margearam o Strand com suas majestosas mansões. As diferentes casas das grandes firmas testemunham a coragem, a iniciativa e a audácia de seus criadores da mesma forma que as grandes casas de Cavendish e Percy atestam tais qualidades em algum condado distante. Dos nossos mercadores descenderão os Cavendish e os Percy do futuro. Na verdade, os grãos-senhores da Oxford Street são tão magnânimos quanto qualquer duque ou conde que espalhasse ouro ou distribuísse pães aos pobres em seus portões. Apenas sua generosidade tem uma forma diferente; tem a maneira da excitação, da exibição, do entretenimento, de janelas iluminadas à noite, de bandeiras tremulando de dia. Eles nos dão as últimas notícias por nada. A música flui livre de suas salas de banquete. Não é preciso gastar mais de um *shilling* e 11 *pence* para desfrutar todo o abrigo que altos e arejados salões fornecem; e a macia lanugem dos carpetes, o luxo de elevadores e o fulgor dos tecidos, tapetes e prataria. Percy e Cavendish não poderiam dar mais. Tais presentes, é claro, têm um objetivo: atrair o *shilling* e 11 *pence* de nossos bolsos tão naturalmente quanto possível; mas os Percy e os Cavendish também não eram generosos sem a esperança de algum retorno, fosse a dedicatória de um poeta ou o voto de um fazendeiro. E tanto os velhos lordes quanto os novos deram uma contribuição considerável ao embelezamento e ao entretenimento da vida humana.

Contudo, não se pode negar que esses palácios da Oxford Street são moradias frágeis — mais pátios do que locais de habitação. Tem-se consciência de que se anda numa faixa de bosque sobre vigas de aço, e que a parede externa, apesar de toda a rebuscada ornamentação de pedra, só tem a espessura suficiente para suportar a força do vento. Um vigoroso cutucão com a ponta de um guarda-chuva pode muito bem infligir um dano irreparável ao tecido. Muitos chalés do campo construídos para abrigar lavradores ou moleiros no reino de Elizabeth I estarão ainda de pé quando tais palácios desmoronarem em poeira. As paredes do velho chalé, com suas vigas de carvalho e suas camadas de tijolos honestos solidamente cimentados uns nos outros, ainda oferecem uma robusta resistência às perfurações e buracos que tentam introduzir ali as modernas bênçãos da eletricidade. Mas em qualquer dia da semana pode-se ver Oxford Street desaparecendo na pancadinha da picareta de um trabalhador enquanto ele se equilibra perigosamente num pináculo empoeirado derrubando paredes e fachadas tão levemente como se fossem feitas de cartolina amarela e cubos de açúcar.

E mais uma vez os moralistas escarnecem. Pois essa finura, essa pedra de papel e tijolos de pó refletem, dizem eles, a leviandade, a ostentação, a urgência e a irresponsabilidade de nossa época. No entanto, mesmo assim parecem tão equivocados em seu escárnio como se pedíssemos ao lírio que fosse forjado em bronze, ou à margarida que se abrisse em pétalas de imperecível esmalte. O encanto da Londres moderna é ser construída não para durar, é ser construída para passar. Sua fragilidade, sua transparência, seus ornamentos de estuque colorido causam um prazer diferente e atingem um objetivo diferente do desejado e tentado pelos velhos construtores e seus patronos — a nobreza da Inglaterra. Seu orgulho exigiu a ilusão da permanência. O nosso, pelo contrário, parece deleitar-se em provar que podemos tornar a pedra e o tijolo tão transitórios quanto nossos próprios desejos. Não construímos para nossos descendentes, que podem viver nas nuvens ou na terra, mas para nós mesmos e nossas necessidades. Derrubamos e reconstruímos enquanto esperamos ser derrubados e reconstruídos. É um impulso provocador da criação e da fertilidade. A descoberta é estimulada e a invenção fica em alerta.

Os palácios de Oxford Street ignoram o que parecia bom para os gregos, para o elizabetano, para o nobre do século XVIII; estão absolutamente conscientes de que, se não conseguirem planejar uma arquitetura que exiba o estojo de maquiagem, a túnica de Paris, as meias baratas e o jarro de sais de banho com perfeição, seus palácios, mansões, automóveis e as pequenas vilas em Croydon e Surbiton — onde seus auxiliares moram, não tão mal afinal de contas, com gramofone, rádio e dinheiro para gastar nos cinemas — tudo isso será varrido pela ruína. Em consequência disso, esticam a pedra de um modo fantástico; amassam e amalgamam numa alucinada confusão os estilos da Grécia, Egito, Itália, América; e, atrevidamente, buscam um ar de prodigalidade e opulência, esforçando-se para convencer a multidão de que ali, uma incessante beleza, sempre fresca, sempre nova, muito barata e ao alcance de todos, borbulha de um poço inexaurível a cada dia da semana. A mera ideia da idade, da solidez, da permanência através dos séculos é detestável para Oxford Street.

Assim, se o moralista decide dar o passeio vespertino ao longo dessa via, precisa sintonizar sua personalidade a fim de captar com ela algumas vozes esquisitas e incongruentes. Acima da algazarra da caminhonete e do ônibus, podemos ouvi-las gritando. Deus sabe, diz o homem que vende tartarugas, que meu braço dói; minha chance de vender uma tartaruga é pequena; mas coragem!, pode aparecer um comprador; minha cama esta noite depende disso; portanto preciso continuar, tão lentamente quanto a polícia permitir, transportando tartarugas pela Oxford Street da aurora ao crepúsculo. É verdade, diz o grande comerciante, não estou pensando em educar as massas para um mais alto padrão de sensibilidade estética. Fico esgotado de pensar como posso exibir meus bens com o mínimo de desperdício e o máximo de eficácia. Dragões verdes no alto das colunas coríntias podem ajudar; vamos tentar. Admito, diz a mulher de classe média, que me retardo, olho, barganho, deprecio e reviro cesta após cesta de sobras hora a hora. Meus olhos cintilam de modo inconveniente, eu sei, e agarro e cutuco com uma desagradável cobiça. Mas meu marido é escriturário num banco; tenho apenas 15 libras por ano para me vestir; então, venho aqui para me retardar e passar o tempo e olhar, se puder, até que ponto estão bem-vestidas minhas vizinhas. Sou uma ladra, diz uma senhora dessa profissão, e mulher de vida fácil também. Mas é preciso muita coragem para roubar uma bolsa de um balcão quando a cliente não está olhando; e depois de tudo, pode-se encontrar na bolsa apenas óculos e velhas passagens de ônibus. Bem, vamos lá!

Mil dessas vozes estão sempre gritando pela Oxford Street. Todas tensas, todas reais, todas urradas por seus donos pela pressão de ganhar a vida, encontrar um leito, manter-se de alguma forma à tona na superfície descuidada e sem remorso da rua. E mesmo um moralista, que imaginamos ser alguém com bom saldo no banco, já que pode passar a tarde sonhando; mesmo um moralista reconhecerá que essa rua espalhafatosa, alvoroçada e vulgar lembra-nos que a vida é uma luta; que toda construção é perecível; que toda exibição é vaidade. Donde podemos concluir — pelo menos até que algum astuto lojista adote a ideia e abra celas para pensadores solitários forradas de pelúcia verde, com vaga-lumes automáticos e um punhado de mariposas genuínas para induzir o pensamento e a reflexão — será inútil tentar chegar a uma conclusão em Oxford Street.

Casas de grandes homens

Felizmente Londres está se tornando cheia de casas de grandes homens, compradas pela nação e integralmente conservadas com as cadeiras em que se sentavam e as xícaras em que bebiam, seus guarda-chuvas e suas cômodas. E não é uma curiosidade frívola que nos leva à casa de Dickens, de Johnson, de Carlyle e de Keats. Nós os conhecemos por suas casas — parece que realmente os escritores se imprimem em seus pertences de modo mais indelével do que outras pessoas. Senso estético podem não ter nenhum; mas geralmente possuem um dom muito mais raro e interessante: a faculdade para abrigar-se apropriadamente, para transformar a mesa, a cadeira, a cortina, o tapete em sua própria imagem.

Consideremos os Carlyle, por exemplo. Uma hora passada na Cheyne Row n° 5 nos dirá mais sobre eles e suas vidas do que podemos aprender em todas as biografias. Desçamos à cozinha. Ali, em dois segundos, entramos em contato com um fato que escapou à atenção de Froude, e mesmo assim era de importância incalculável: os Carlyle não tinham água encanada. Cada gota usada por eles — e eram escoceses, fanáticos pela limpeza — tinha que ser bombeada de um poço na cozinha. Ali está o poço, a bomba e o recipiente de pedra no qual a água fria pingava preguiçosa. E ali se vê também a velha grelha, larga e gasta, na qual todas as chaleiras tinham que ser postas para ferver se alguém quisesse um banho quente; a velha tina de banho ainda está visível, amarela e rachada, funda e estreita, a ser enchida com a água que a criada bombeava primeiro, depois fervia e a seguir transportava, subindo do porão três lances de escada com latas cheias do líquido.

A casa alta e antiga, sem água, sem luz elétrica, sem gás encanado, cheia de livros, carvão, camas de quatro pilares e guarda-louças de mogno, habitada por duas das pessoas mais nervosas e exigentes de sua época, ano após ano, era servida por uma única e infeliz empregada. Por todo o período vitoriano, a casa foi necessariamente um campo de batalha onde diariamente, fosse verão ou inverno, patroa e empregada lutavam contra a sujeira e o frio em prol da limpeza e do aquecimento. As escadas, esculpidas, amplas e dignificantes, parecem gastas pelos pés de mulheres exauridas carregando baldes. Os altos aposentos apainelados guardam ecos do bombeamento da água e do silvo do esfregão. A voz da casa — e todas as casas têm vozes — é a voz do bombear e do esfregar, do tossir e do resmungar. No sótão, sob uma claraboia, resmungava Carlyle, engalfinhando-se com sua história, numa cadeira forrada de tecido feito de pelos de cavalo, tinha um feixe da luz amarela de Londres sobre seus papéis, enquanto a vibração de um realejo e os gritos ásperos dos ambulantes na rua atravessavam as paredes cuja dupla espessura distorcia, mas de modo nenhum eliminava, o som. A estação da casa — pois cada casa tem uma — parece ser sempre o inverno, quando o frio e o nevoeiro estão nas ruas, as luzes ardem, o matraquear das rodas aumenta subitamente e morre ao longe. Fevereiro após fevereiro, mrs. Carlyle prostrava-se tossindo no grande leito de cortinas no qual nascera, e ao tossir rememorava os diversos problemas da batalha eterna contra a sujeira e o frio. O sofá de pelo de cavalo precisava ser restaurado; o papel de parede da sala de estar, com seu pequeno desenho escuro, precisava ser limpo; o verniz amarelo dos painéis estava rachado e descascando — tudo precisava ser costurado, limpo e esfregado com suas próprias mãos; e será que tinha ou não destruído os insetos que procriavam sem parar nos painéis de madeira antiga? Assim, transcorriam as longas noites insones até que ela escutava mr. Carlyle se agitar lá em cima, e prendia a respiração cogitando se Helen estaria acordada, se acendera o fogo para aquecer a água com que o marido se barbearia. Um novo dia nascera, e o bombeamento e a esfregação precisavam recomeçar.

Portanto a Cheyne Row nº 5 é mais um campo de batalha do que um local de habitação — é um cenário de trabalho braçal, esforço e luta perpétua. Poucos remanescentes da vida — suas graças e seus luxos — sobrevivem para nos contar que a batalha valeu o esforço. As relíquias da sala de estar e do estúdio são como as recolhidas de outros campos de batalha. Vemos ali um pacote de pontas de aço para penas de escrever; um cachimbo de barro quebrado; um porta-

-canetas como os que os escolares utilizam; algumas xícaras de porcelana branca e dourada, muito lascadas; um sofá de pelos de cavalo e uma tina de banho amarela. Também encontramos um molde das finas e gastas mãos de alguém que trabalhou ali, assim como do rosto martirizado e arrebatado de Carlyle quando jazia morto no local. Mesmo o jardim atrás da casa não parece um lugar de descanso e recreação, e sim outro campo de batalha, menor, assinalado por uma lápide sob a qual um cão está enterrado. Bombeando e esfregando, dias de vitória, noites de paz e esplendor eram conquistados, claro. Como vemos no quadro, mrs. Carlyle sentava-se num bonito vestido de seda perto do fogo crepitante e fazia tudo parecer decoroso e sólido à sua volta — mas a que preço o conseguira! Tem as faces encovadas; amargura e sofrimento misturam-se à expressão meio terna, meio torturada dos olhos. Tal é o efeito de uma bomba no porão e uma tina de banho amarela três lances de escada acima. Tanto o marido quanto a mulher eram geniais; amavam-se; mas o que pode fazer o gênio e o amor contra insetos, tinas de banho e bombas no porão?

É impossível não acreditar que metade das brigas havidas ali não poderiam ter sido evitadas e suas vidas imensamente suavizadas se na Cheyne Row n° 5 tivesse, como os corretores imobiliários dizem, ban., q. e fr., aq. a gás nos quartos, todas as conveniências modernas e instalações sanitárias dentro de casa. Mas ao cruzarmos a gasta soleira, refletimos que Carlyle com água quente encanada não teria sido Carlyle; e mrs. Carlyle sem insetos para matar seria uma mulher diferente da que conhecemos.

Uma era parece separar a casa em Chelsea onde os Carlyle viveram, da casa em Hampstead partilhada por Keats, Brown e os Brawn. Se as casas têm vozes e os locais suas estações, é sempre primavera em Hampstead como é sempre fevereiro em Cheyne Row. Por algum milagre também, Hampstead sempre permaneceu não como uma peça de antiguidade engolfada no mundo moderno, mas um lugar de personalidade peculiar em si. Não se trata de um bairro onde se faz dinheiro, ou se vai quando se tem dinheiro para gastar. Os sinais da aposentadoria discreta estão estampados nele. Suas casas são caixas nítidas como as que beiram o mar em Brighton, têm janelas bojudas, balcões, espreguiçadeiras nas varandas. O lugar tem estilo e intenção como se destinado a pessoas de renda modesta e algum lazer que buscam descanso e recreação. As cores por ali são geralmente os róseos e azuis pálidos que se harmonizam com o mar azul e a areia branca; contudo, há uma urbanidade no estilo que anuncia os arredores de uma grande cidade. Mesmo no século XX, tal serenidade difunde-se pelo subúrbio de Hampstead. Suas janelas arqueadas ainda se debruçam sobre vales, árvores e lagos, cães latindo e casais que perambulam de braços dados parando aqui e ali no alto da colina para olhar as cúpulas e os pináculos distantes de Londres, da mesma forma que perambulavam e paravam e olhavam quando Keats morava ali. Pois Keats vivia no final da rua na pequena casa branca por trás de uma cerca de madeira. Nada mudou muito desde sua época. Mas quando entramos na casa em que Keats viveu, uma sombra de luto parece descer sobre o jardim. Uma árvore caiu e está escorada. Galhos fazem dançar sua sombra oscilante nas brancas paredes da casa. Ali, em que pese toda a alegria e serenidade da vizinhança, cantava o rouxinol; e se havia um lugar onde a febre e a angústia faziam sua morada era aquele, envolvendo o opresso territoriozinho verde com uma sensação de morte próxima, de brevidade da vida, da paixão do amor e sua infelicidade.

Contudo, se Keats deixou qualquer marca na casa não será a da febre, e sim a da claridade e dignidade que vêm da ordem e do autocontrole. Os aposentos são pequenos mas bem proporcionados; no andar de baixo, as compridas janelas são tão amplas que metade da parede parece feita de luz. Duas cadeiras na mesma posição estão viradas para a janela, dando a impressão de que alguém sentou-se ali, acabou de se levantar e deixou a sala. O leitor deve ter sido respingado de sombra e sol quando as folhas pendentes moviam-se na brisa. Os passarinhos devem ter saltitado junto a seus pés. A sala está vazia a não ser pelas duas cadeiras, pois Keats tinha poucos bens, pouca mobília e não mais, dizia ele, que 150 livros. E talvez pelas salas serem tão vazias e mobiliadas mais por luz e sombra que por cadeiras e mesas, não se pense em gente ali, onde tanta gente viveu. A imaginação não evoca cenas. Não ocorre a ninguém que pessoas devem ter comido e bebido ali; ter entrado e saído; ter largado bolsas e deixado pacotes; ter esfregado, limpado e lutado contra a sujeira e a desordem; e carregado latas de água do porão para os quartos. Todo o tráfego da vida silenciou. A voz da casa é a voz das folhas agitadas pelo vento; dos ramos roçando-se no jardim. Apenas uma presença habita o local — a do próprio Keats. E mesmo ele, embora vejamos seu retrato em cada parede, parece surgir em silêncio nos largos feixes de luz, sem corpo ou ruído de passos. Ali, sentou-se na cadeira junto à janela e escutou sem se mover, e viu sem sobressaltos, e virou a página sem pressa, embora seu tempo fosse tão curto.

Há um ar de equanimidade heroica na casa apesar das máscaras mortuárias, das quebradiças coroas amarelas e outras medonhas recordações, lembrando-nos que Keats morreu jovem e desconhecido no exílio. A vida continua do lado de fora da janela. Por trás daquela calma, do sussurrar das folhas, o matraquear distante de rodas e o latido dos cães buscando e trazendo gravetos do lago chega até nós. A vida continua do outro lado da cerca de madeira. Quando fechamos o portão sobre a relva e a árvore onde o rouxinol cantava, deparamo-nos, como deve ser, com o açougueiro e sua pequena caminhonete vermelha entregando a carne na casa ao lado. Se atravessarmos a rua, cuidando para não sermos derrubados por algum motorista imprudente, pois estes chegam numa velocidade alta nessas ruas largas, vemos-nos no alto da colina com Londres inteira a nossos pés. É uma visão de perpétuo fascínio em todas as horas e estações. Vê-se Londres como um todo — a Londres abarrotada, estriada e compacta, com suas cúpulas dominantes, suas catedrais-guardiãs; suas chaminés e pináculos; seus guindastes, gasômetros; e a perpétua fumaça que nenhuma primavera ou outono consegue dissipar. Por tempos imemoriais, Londres tem estado ali, uma cicatriz mais e mais profunda naquela extensão de terra, cada vez mais inquieta, encaroçada e tumultuada, marcada de modo indelével. E ali jaz em camadas, em estratos, eriçando-se, ondulando, com rolos de fumo sempre presos a seus pináculos. E, mesmo assim, de Parliament Hill pode-se ver o campo que se estende além. Há colinas mais longínquas em cujos bosques cantam pássaros e onde algum arminho ou coelho se detém, em silêncio mortal, com a pata erguida, para escutar atentamente o roçar entre as folhas. Para contemplar Londres, subiram a essa colina Keats e Coleridge, e talvez Shakespeare. Justamente ali, onde naquele exato instante o rapaz de sempre senta-se num banco de ferro abraçando a moça de sempre.

Abadias e catedrais

É lugar-comum, mas não se pode deixar de repetir que a catedral de St. Paul domina Londres. Ela incha como uma grandiosa bolha cinzenta a distância; enorme e ameaçadora, paira sobre nós quando nos aproximamos. Então, subitamente, desaparece. E atrás de St. Paul, sob St. Paul, em torno de St. Paul, de onde não podemos ver a catedral, como Londres encolheu! Outrora havia faculdades e grandes pátios rodeados por construções e mosteiros com lagos de peixes e claustros; ovelhas pastando no relvado; hospedarias em que grandes poetas esticavam as pernas e conversavam à vontade. Agora, contudo, todo esse espaço encolheu. Os campos desapareceram, assim como os lagos de peixe e os claustros; até os homens e as mulheres parecem ter encolhido, tornaram-se numerosos e diminutos ao invés de únicos e substanciais. Onde Shakespeare e Jonson defrontaram-se outrora e conversaram abertamente, um milhão de pessoas comuns embarafustam e correm, sacolejam nos ônibus, mergulham no metrô. Parecem numerosas demais, insignificantes demais, muito semelhantes entre si para terem um nome, uma personalidade e uma vida só sua.

Se sairmos da rua e entrarmos numa igreja da cidade, a diferença entre o espaço que os mortos desfrutam e aquele agora à disposição dos vivos se torna patente. No ano de 1737, um homem chamado Howard foi enterrado em St. Mary-le-Bow. Uma parede inteira está tomada pela lista de suas virtudes:

> Ele foi abençoado com uma mente sólida e inteligente que fulgurava no exercício habitual de grandes e divinas virtudes (...) Em meio a uma época libertina, era inviolavelmente devotado à justiça, à sinceridade e à verdade.

Howard ocupa um espaço quase do tamanho de um escritório cujo aluguel deve chegar a muitas centenas de libras por ano. Em nossos dias, a um homem de obscuridade igual seria concedido um pedaço de pedra branca do tamanho habitual entre milhares de outros, e suas grandes e divinas virtudes não seriam registradas. Mais uma vez, em St. Mary--le-Bow, pede-se à posteridade que faça silêncio e rejubile-se por mrs. Mary Lloyd ter encerrado aos 79 anos "uma vida imaculada e exemplar" sem sofrer e, na verdade, sem recuperar a consciência.

Pare, reflita, admire, fique atento a seus próprios rumos — essas antigas placas estão sempre nos aconselhando e exortando. Deixa-se a igreja admirado com os vastos dias em que cidadãos desconhecidos podiam ocupar tanto espaço com seus ossos e confiantemente requisitar tanta atenção por suas virtudes, enquanto nós — vejam como nos acotovelamos e nos esquivamos e circundamos uns aos outros na rua, de que modo rápido cortamos caminho e lepidamente nos esgueiramos por entre os carros. O mero processo de nos manter vivos exige toda a nossa energia. Estávamos prestes a dizer que não temos tempo para pensar na vida ou na morte quando subitamente esbarramos nas enormes paredes da catedral de St. Paul. Ali está ela de novo, pairando sobre nós, montanhosa, imensa, cinzenta, gelada, mais quieta do que antes. E, assim que entramos, somos submetidos àquela pausa, expansão e liberação da pressa e do esforço que St. Paul, mais do que qualquer outra construção do mundo, tem o poder de conceder.

Algo de seu esplendor reside simplesmente na vastidão, na serenidade incolor. Corpo e mente parecem ampliar-se no recinto, expandir-se sob o gigantesco dossel onde a luz não é nem a do dia nem a das lâmpadas, mas um ambíguo elemento resultante das duas. Uma janela filtra um largo feixe de luz verde; outra tinge as lajes lá embaixo de um púrpura pálido e frio. Há espaço para que cada larga faixa de luz caia suavemente. Enorme, reta, cavernosa, ecoando com um perpétuo troar e arrastar de pés, a catedral é extremamente nobre, mas absolutamente não misteriosa. Os túmulos empilhados como leitos imponentes jazem entre as colunas. Ali está a digna sala de repouso para a qual os grandes estadistas e homens de ação se retiram, trajados com todo o esplendor, para aceitar os agradecimentos e aplausos dos concidadãos. Ainda usam suas comendas de estrelas e jarreteiras, seus emblemas de pompa cívica e orgulho militar. Seus túmulos são limpos e graciosos. Não foi permitido que nenhuma ferrugem ou mancha os maculassem. Mesmo Nelson parece um tanto elegante. Mesmo a figura torturada e contorcida de John Donne, embrulhada nas dobras de mármore de sua mortalha, parece ter saído do pátio do escultor ainda ontem. Apesar disso está ali com seu tormento há 300 anos, atravessou as chamas do Incêndio de Londres. Ali, contudo, a morte e a corrupção da morte estão proibidas de entrar. A virtude e a grandeza cívica estão abrigadas em segurança. É verdade, acima da pesada porta, uma gravação em relevo reconta a lenda de que através do portão da morte passamos para nossa alegre ressurreição; mas de alguma maneira os portais maciços sugerem que eles não se abrem para campos de amaranto e ervas mágicas onde se ouvem harpas e coros celestiais; e sim para escadarias de mármore conduzindo a solenes assembleias e salões esplêndidos, a trombetas soando alto e bandeiras pendentes. O esforço, a agonia e o êxtase não têm lugar nessa construção majestosa.

Nenhum contraste maior poderia haver entre a catedral de St. Paul e a abadia de Westminster. Longe de ser espaçosa e serena, a abadia é estreita e pontiaguda, gasta, inquieta e agitada. Nossa impressão é a de ter deixado a confusão democrática, a monotonia da rua, e entrado numa assembleia brilhante, numa seleta sociedade de homens e mulheres da mais alta distinção. O grupo parece mergulhado em total conclave. Gladstone dá um passo à frente, depois Disraeli. De cada canto, de cada parede, alguém se inclina ou escuta ou se debruça como se prestes a falar. O inclinado parece até mesmo atento, como se fosse erguer-se no minuto seguinte. As mãos agarram nervosamente seus cetros; os lábios estão comprimidos por um silêncio fugidio; os olhos, semicerrados pelo pensamento do instante. Esses mortos, se mortos estão, viveram plenamente. Seus rostos estão gastos, os narizes pronunciados, as faces encovadas. Mesmo a pedra das velhas colunas parece roçada e atritada pela intensidade da vida que a vem irritando por todos esses séculos. A voz e o órgão vibram metalicamente entre os entalhes e complexidades do teto. Os bonitos leques de pedra que se abrem para fazer o teto parecem ramos nus desfolhados e prestes a se partir na ventania de inverno. Mas a austeridade de tudo isso é lindamente suavizada; luzes e sombras mudam e disputam cada momento. Azul, ouro e violeta passam, sarapintando, apressando-se, esmaecendo. A pedra cinzenta, antiga como é, transmuta-se como se fosse coisa viva sob o incessante ondular da luz cambiante.

Portanto, a abadia não é um lugar de morte e descanso; não é uma sala de repouso onde os virtuosos jazem em câmara ardente para receber as recompensas da virtude. Teria sido de fato por meio de suas virtudes que esses mortos chegaram até aqui? Inúmeras vezes foram violentos, foram selvagens. Inúmeras vezes apenas a grandeza de seu nascimento os distingue. A abadia é cheia de reis e rainhas, duques e príncipes. A luz banha as pequenas coroas de ouro, e o ouro retarda-se ainda nas dobras das vestes cerimoniais. Vermelhos e amarelos ainda se inscrevem heraldicamente nas cotas de armas, leões e unicórnios. Mas a abadia é repleta também de outra realeza, ainda mais potente. Ali estão os poetas mortos ainda meditando, ainda ponderando, ainda questionando o significado da existência. "A vida é uma pilhéria e tudo demonstra isso. Pensei tal coisa no passado e agora eu o sei", ri Gay. Chaucer, Spenser, Dryden e o resto ainda parecem ouvir com todas as suas faculdades em alerta como o bem barbeado clérigo em suas novíssimas vestes vermelho e brancas entoa pela milionésima vez os mandamentos da Bíblia. A voz dele ressoa maduramente, com autoridade, pelo local, e, se não fosse irreverência, podia-se supor que Gladstone e Disraeli estão prestes a fazer votar a declaração recém-proposta — de que as crianças devem honrar pai e mãe. Todos naquela brilhante assembleia têm uma mente e uma vontade própria. A abadia é transpassada por vozes agudas; sua paz é perturbada por gestos enfáticos e atitudes características. Não há um centímetro das paredes que deixe de falar, clamar e explicar. Reis e rainhas, poetas e estadistas ainda desempenham seus papéis e não aceitaram voltar quietos ao pó. Ainda em animado debate, erguem-se do dilúvio e do desperdício da vida mediana, de punhos fechados e lábios entreabertos, com um orbe na mão e um cetro na outra, como se os tivéssemos forçado a levantar em nosso benefício e testemunhar que a natureza humana pode, de vez em quando, exaltar-se acima da enfadonha desordem democrática das ruas apressadas. Presos, transfixados, lá permanecem eles sofrendo uma esplêndida crucificação.

Onde então ir-se em Londres para encontrar paz e a certeza de que os mortos dormem e descansam em paz? Londres, afinal de contas, é uma cidade de túmulos. Mas Londres é também uma cidade que fervilha em atividade incessante. Mesmo St. Clement Danes — aquela pilha venerável plantada no meio do Strand — foi paramentada com todos os pré-requisitos para a paz: chorões e relvas ondulantes que a mais humilde igreja de aldeia desfruta por direito. Ônibus e caminhonetes há muito a usurparam esses pertences. Como uma ilha, ela possui agora apenas uma calçada muito estreita a separá-la do mar. E mais: St. Clement Danes tem seus deveres para com os vivos. Provavelmente participa de modo vociferante e estridente, com uma alegria quase frenética mas rouca, como se sua língua guardasse a aspereza enferrujada trazida pelos séculos, da felicidade de dois mortais vivos. Um casamento é celebrado. Por todo o Strand, St. Clement Danes ruge suas boas-vindas ao noivo de fraque e calças cinzentas; às virginais damas de honra de branco; e finalmente à própria noiva, de cujo carro junto ao pórtico ela desce com um lampejo de esplendor branco e penetra no interior sombrio para fazer seus votos de casamento ante o rugido dos ônibus, enquanto do lado de fora, pombos alarmados giram em círculos, e a estátua de Gladstone está apinhada, como uma rocha sob gaivotas, de entusiásticos espectadores que acenam e saúdam.

Os únicos locais tranquilos em toda a cidade talvez sejam os velhos cemitérios que se tornaram jardins e playgrounds. As lápides não servem mais para marcar os túmulos, e sim para alinhar os muros com as suas lajes brancas. Aqui e ali um túmulo lindamente esculpido desempenha o papel de ornamento de jardim. Flores iluminam a relva e há bancos sob as árvores para mães e babás, enquanto as crianças fazem rolar seus arcos de brinquedo e brincam de amarelinha em segurança. Aqui podemos sentar e ler *Pamela* de fio a pavio. Aqui, meio anestesiados, podemos fazer escoar os primeiros dias da primavera ou os últimos do outono sem sentir de forma muito intensa a agitação da juventude ou a tristeza da velhice. Pois aqui os mortos dormem em paz, sem provar nada, sem testemunhar nada, sem exigir nada exceto que desfrutemos a paz que seus velhos ossos nos fornecem. Sem relutar, desistiram de seus direitos humanos de separar nomes ou virtudes peculiares. Mas não têm motivo algum para reclamar. Quando o jardineiro planta seus bulbos ou semeia sua grama, eles florescem de novo e alastram pelo solo sua relva verde e macia. Aqui, mães e babás "fofocam"; crianças brincam; e o velho mendigo, após jantar os restos de um saco de papel, espalha migalhas para os pardais. Esses cemitérios de jardim são os mais tranquilos dos santuários londrinos, e seus mortos os mais quietos de todos.

"Esta é a Câmara dos Comuns"

Do lado de fora da Câmara dos Comuns ficam as estátuas dos grandes estadistas, negras e lisas e brilhantes como leões-marinhos recém-saídos da água. E no interior das Câmaras do Parlamento, naqueles salões ventosos e ressoantes, onde há sempre gente passando e tornando a passar, pegando cartões verdes de policiais, fazendo perguntas, olhando fixamente, abordando membros, deslocando-se em conjunto nos calcanhares de professores de escolas, concordando com a cabeça e rindo e levando mensagens e apressando-se através de portas giratórias com papéis e pastas de documentos e todos os outros emblemas de negócios e urgência — aqui também há estátuas — Gladstone, Granville, Lord John Russell

— estátuas brancas, a contemplar com olhos vazios as velhas cenas de agitação e alvoroço nas quais, há não muito tempo, desempenhavam seu papel.

Não há nada venerável ou desgastado, ou musical, ou cerimonioso no local. Uma voz áspera berrando "O presidente da Câmara!" trombeteia o ressoar dos pés de uma procissão democrática comum cuja única pompa é fornecida pelo bastão, peruca e vestes do presidente, e as insígnias douradas dos auxiliares que servem à casa. A voz berra de novo, "Tirem os chapéus, estranhos!", ante a qual muitos feltros maltratados são retirados com um floreio obediente e os auxiliares se curvam profundamente. Isso é tudo. Entretanto, a voz que berra, as vestes negras, o ressoar dos pés na pedra, o bastão e os maltratados chapéus de feltro, de algum modo, melhor do que o escarlate e as trombetas, sugerem que os representantes da Câmara estão assumindo seus lugares em sua própria casa para prosseguir com o negócio de governar o país. Por mais vaga que nossa história possa ser, de algum modo sentimos que nós, as pessoas comuns, conquistamos esse direito há séculos, e o temos mantido há séculos, e o bastão é o nosso bastão, e o presidente é o nosso presidente, e não precisamos de trombeteiros, de ouro e de escarlate para anunciar ou conduzir nosso representante em nossa própria Câmara dos Comuns.

Certamente nossa câmara, vista por dentro, não é de modo nenhum nobre, majestosa ou mesmo imponente. É tão brilhante e feia quanto qualquer outro recinto público de tamanho moderado. O carvalho, é claro, está amarelado por falta de manutenção. As janelas, é claro, são pintadas com feios brasões ou escudos. O chão, claro, tem um revestimento comum de listras vermelhas. Os bancos, claro, são revestidos de um couro funcional. Para onde se olhe, dizemos "claro" mentalmente. É um conjunto desarrumado e informal. Folhas de papel branco parecem estar sempre escorregando até o chão. Pessoas estão sempre incessantemente entrando e saindo. Os homens cochicham e mexericam o tempo todo, fazem piadas por cima dos ombros uns dos outros. As portas giratórias giram perpetuamente. Até a ilha central de controle e dignidade, onde o presidente se senta sob um dossel, é um poleiro para membros casuais que parecem estar dando tranquilamente uma espiada nos procedimentos. As pernas descansam na beira da mesa onde o bastão fica suspenso; e os segredos que repousam nas gavetas revestidas de bronze dos dois lados da mesa não estão imunes à cutucada de um calcanhar ocasional. Abaixando e levantando, mexendo-se e sentando, os Comuns nos lembram um bando de pássaros instalando-se numa faixa de terra arada. Não pousam por mais de alguns minutos; alguns estão sempre levantando voo, outros sempre instalando-se de novo. E do bando ergue--se a algazarra, o grasnido, o crocitar de pássaros disputando alegremente e com ocasional vivacidade uma semente, verme, ou grão enterrado.

Deve-se lembrar severamente: Mas essa é a Câmara dos Comuns. Aqui os destinos do mundo são traçados. Aqui Gladstone lutou, e Palmerston e Disraeli. É por esses homens que somos governados. Obedecemos suas ordens a cada dia do ano. Nossas bolsas estão à mercê deles. Decidem quão rapidamente vamos dirigir nossos carros no Hyde Park; e também se vamos ter paz ou guerra.

Mas temos que lembrar tudo isso a nós mesmos; pois olhando para eles vemos que não diferem muito de outras pessoas. O padrão no trajar talvez seja bem elevado. Nossos olhos recaem sobre algumas das cartolas mais envernizadas da Inglaterra. Uma magnífica abotoadura escarlate fulgura aqui e ali. Todos foram bem alimentados e receberam uma boa educação, sem dúvida. Mas com suas conversas e risos, seus espíritos animados, impaciência e irreverência, não são nem um tiquinho mais judiciosos, ou mais dignos, ou de aparência mais respeitável do que qualquer outra assembleia de cidadãos reunida para debater negócios da paróquia ou premiar um boi gordo. É verdade; após um tempo, contudo, suspeita-se de uma curiosa diferença. Sentimos que a Câmara é um corpo com uma certa personalidade; vem existindo há muito tempo; tem suas próprias leis e indisciplinas. É irreverente de um modo só seu; e assim, presumivelmente, reverente também a seu próprio modo. De alguma forma tem um código próprio. As pessoas que ignoram esse código serão impiedosamente punidas; as que aquiescem a ele serão facilmente perdoadas. Mas aquilo que é castigado e aquilo que é perdoado só os detentores do segredo da Câmara podem dizer. Só temos certeza de que há um segredo ali. Empoleirados no alto como estamos, sob a autoridade de um funcionário que segue a informalidade prevalecente, cruzando as pernas e rabiscando sobre o joelho algumas notas, pressentimos que seria facílimo dizer a coisa errada, seja com a leviandade errada ou com a seriedade errada, e que nenhuma certeza de virtude, gênio ou valor pode ali estar certo do sucesso se algo mais — uma qualidade indefinível — é omitido.

Mas nos perguntamos, lembrando de Parliament Square, de que modo alguns desses competentes e paramentados cavalheiros irão se transformar em estátuas? Para Gladstone, Pitt ou mesmo Palmerston, a transição foi perfeitamente fácil. Mas, vejam mr. Baldwin — ele tem a aparência de um cavalheiro do campo cutucando seus porcos; como vai subir num plinto e embrulhar-se decorosamente numa toalha de mármore negro? Uma estátua que não transmitisse o brilho da cartola de sir Austen jamais poderia fazer justiça a ele. Mr. Henderson parece constitucionalmente oposto à palidez e à severidade do mármore. Enquanto de pé, respondendo perguntas, sua tez clara enrubesce fortemente e seu cabelo louro parece ter sido alisado com uma escova molhada há dez minutos. É verdade que sir William Jowitt poderia, se alguém tirasse sua elegante gravata-borboleta, posar para algum escultor num busto bem ao estilo do príncipe consorte. Ramsay MacDonald tem "traços", como dizem os fotógrafos, e poderia preencher uma cadeira de mármore numa praça pública sem parecer visivelmente ridículo. Mas quanto ao resto, a transição para o mármore seria impensável. Inconstantes, irreverentes, comuns, de narizes arrebitados, papadas vermelhas, fidalgos rurais, advogados, homens de negócios — sua qualidade primordial, sua enorme virtude jaz certamente no fato de que nenhum conjunto de seres humanos de aparência mais normal, mediana e decente poderia ser encontrado nos quatros reinos. O olho lampejante, a sobrancelha arqueada, a mão nervosa, sensível — seriam inconvenientes e deslocados aqui. O homem anormal seria bicado até a morte por esses animados pardais. Olhem como tratam irreverentemente o próprio primeiro-ministro: ele tem que se submeter ao interrogatório e acareamento de um rapaz que parece saído de um bote movido a vara no rio; ou ainda ser apoquentado por um homenzinho que, a julgar-se por seu sotaque, devia encher de açúcar pequenos sacos azuis com uma pazinha por trás de um balcão antes de vir para Westminster. Nenhum deles mostra o mínimo traço de medo ou reverência. Se o primeiro-ministro transformar-se em estátua num desses dias, tal apoteose não será alcançada ali, entre os irreverentes membros daquela Casa.

Durante esse tempo todo, o fogo de perguntas e respostas crepitou e estalou incessantemente; depois finalmente parou. O secretário do exterior ergueu-se, levantou algumas folhas datilografadas e leu, clara e firmemente, uma declaração sobre determinada dificuldade com a Alemanha. Estivera com o embaixador alemão no *Ministério das Relações Exteriores* na sexta-feira; dissera isso, dissera aquilo. Fora até Paris e vira mr. Briand na segunda-feira. Haviam concordado com isso, haviam sugerido aquilo. Um pronunciamento mais comum, mais sério e mais eficiente não se poderia imaginar. E enquanto ele falava tão direta e firmemente, um bloco de pedra bruta parecia erguer-se nos bancos do governo. Em outras palavras, enquanto se escutava o secretário das Relações Exteriores esforçando-se para guiar nossas relações com a Alemanha, parecia claro que esses homens com a aparência de homens de negócios são responsáveis por atos que permanecerão quando seus rostos vermelhos, cartolas e calças de xadrez forem pó e cinzas. Questões de grande importância, que afetam a felicidade das pessoas, os destinos das nações, estão ali em andamento, esculpindo e modelando esses seres humanos muito comuns. Em cima de tal material de humanidade sobrevém o selo de uma máquina enorme. E a própria máquina e o homem sobre quem desce o selo da máquina são ambos comuns, indistintos, impessoais.

Houve tempo em que o secretário das Relações Exteriores manipulava fatos, brincava com eles, elaborava-os, usava todos os recursos da retórica e da eloquência para fazê-los parecer como decidira que pareceriam ao povo, obrigado a aceitar sua vontade. Não era um homem eficiente, comum e trabalhador, dono de um pequeno carro, uma casa de campo e uma grande ânsia por uma tarde livre para jogar golfe com seus filhos e filhas num parque do Surrey. Outrora, o ministro vestia-se para combinar com seu papel. Fulminações, perorações sacudiam o ar. Homens eram persuadidos, manipulados, manobrados. Pitt trovejava; Burke era sublime. A individualidade tinha permissão para desdobrar-se. Agora nenhum ser humano isolado pode suportar a pressão das relações humanas. Estas passam como uma onda sobre ele, obliterando-o; deixam-no comum, anônimo, meramente o instrumento deles. A condução dos negócios públicos passou das mãos de indivíduos para as mãos de comissões. Mesmo as comissões só podem guiá-los, acelerá-los e varrê-los para outras comissões. As complexidades e elegâncias da personalidade são armadilhas que atravancam o negócio. A necessidade suprema é despachar. Mil navios ancoram nas docas a cada semana; quantos milhares de questões não chegam diariamente para serem decididos na Câmara dos Comuns? Portanto, se estátuas vão ser erigidas, elas se tornarão cada vez mais monolíticas, comuns e indistintas. Não mais registrarão os colarinhos de Gladstone, o cacho de Dizzy e o tufo de cabelo de Palmerston. Elas serão como plintos de granito colocados nos altos das charnecas para assinalar as batalhas. Os dias de poder pessoal de homens isolados terminaram. Espirituosidade, invectiva, paixão não são mais requisitadas. MacDonald não se dirige a pequenas orelhas separadas de sua audiência na Câmara dos Comuns, e sim a homens e mulheres em fábricas, em lojas, em fazendas nos campos abertos do sul da África, em aldeias indianas. Ele está falando para todos e não somente para os que aqui estão. Daí a claridade, a gravidade, a banal impessoalidade de sua declaração. Mas se os dias da pequena estátua solitária terminaram, por que a era da arquitetura não deveria raiar? Essa pergunta surge espontaneamente enquanto deixamos a Câmara dos Comuns. Westminster Hall ergue sua imensa dignidade enquanto saímos. Homenzinhos e mulherzinhas se deslocam silenciosamente pelo piso. Eles apresentam-se desimportantes, talvez deploráveis; mas também veneráveis e belos sob a curva da vasta cúpula, sob a perspectiva das enormes colunas. O indivíduo preferiria talvez ser um pequeno animal anônimo numa vasta catedral. Reconstruamos o mundo então como um salão esplêndido; vamos desistir de fazer estátuas e inscrever nelas virtudes impossíveis.

Vejamos se a democracia que enche os recintos não pode superar a aristocracia que esculpiu as estátuas. Mas existem ainda inúmeros policiais. Um gigante de azul permanece em pé ante cada porta para que não pressionemos com excessiva rapidez nossa democracia. "Entrada aos sábados somente das dez às 12 horas." É o tipo de aviso que detém nosso progresso sonhador. E não devemos admitir uma nítida tendência em nossa mente corrupta encharcada pelo hábito, para parar e pensar: "Ali esteve o rei Charles quando o sentenciaram à morte; ali o conde de Essex; e Guy Fawkes; e sir Thomas More." Parece que a mente gosta de se empoleirar em seu voo pelo espaço vazio, sobre um nariz notável, sobre uma mão trêmula; adora o olho lampejante, a sobrancelha arqueada, o ser humano anormal, o particular, o esplêndido. Portanto, esperemos que a democracia venha, mas somente daqui a um século, quando estivermos debaixo da terra; ou que por algum estupendo lance genial se combinem o vasto recinto e o ser humano pequeno, particular, individual.

Retrato de uma londrina

Ninguém pode se considerar especialista sobre Londres se não conhecer um verdadeiro *cockney*[2]; se não dobrar numa rua lateral, longe das lojas e dos teatros, e bater em uma porta particular numa rua de casas particulares.

Casas particulares em Londres têm tendência a serem muito parecidas. A porta se abre para um vestíbulo escuro, ergue-se uma escada estreita; do patamar superior abre-se uma dupla sala de estar e nessa dupla sala de estar veem-se dois sofás, um de cada lado de um fogo crepitante, seis poltronas e

---

2. Nativo de Londres, especialmente do East End, ou falante de seu dialeto. (*N. da T.*)

três compridas janelas dando para a rua. Sempre é matéria de considerável conjectura o que acontece na segunda metade da sala dos fundos debruçando-se para os jardins de outras casas. Mas é com a sala de estar da frente que estamos preocupados; pois era ali que mrs. Crowe sentava-se sempre numa poltrona junto ao fogo; era ali que sua existência transcorria; era ali que ela servia o chá.

Que tenha nascido no campo, embora estranho, parece ser um fato; que ela às vezes deixasse a cidade, naquelas semanas de verão em que Londres não é Londres, também é verdade. Mas para onde ia ou o que fazia quando saía de Londres, quando sua poltrona estava vazia, sua lareira apagada e a mesa desfeita, ninguém sabia ou podia imaginar. Pois conceber mrs. Crowe com seu vestido preto, seu véu e seu chapéu caminhando num campo de nabos ou subindo um monte de pasto está além da mais desvairada imaginação.

Ali, junto à lareira no inverno ou à janela no verão, sentara-se ela por sessenta anos — mas não sozinha. Havia sempre alguém na poltrona oposta, fazendo uma visita. E antes que o primeiro visitante estivesse sentado por dez minutos, a porta sempre se abria e a criada Maria, de olhos e dentes proeminentes, que por sessenta anos abrira a porta, abria-a mais uma vez e anunciava um segundo visitante; e a seguir um terceiro, e logo depois um quarto.

Nunca se soube de um tête-à-tête com mrs. Crowe. Ela não gostava de tête-à-têtes. Era uma peculiaridade que compartilhava com muitas anfitriãs, a de nunca ser especialmente íntima de alguém. Por exemplo, havia sempre um homem idoso no canto junto ao armário; e que parecia tanto fazer parte daquela admirável mobília do século XVIII quanto seus pegadores de bronze. Mas mrs. Crowe sempre se dirigia a ele como mr. Graham; nunca John, nunca William; embora, às vezes, o chamasse de "caro mr. Graham" como para sublinhar que já o conhecia havia sessenta anos.

A verdade é que não desejava intimidade, desejava conversa. A intimidade é um dos caminhos para o silêncio, e mrs. Crowe abominava o silêncio. Era preciso haver conversa, e que esta fosse geral e que abarcasse tudo. Não devia ser profunda demais nem inteligente demais, pois se progredisse muito nessas direções alguém certamente se sentiria de fora, e ficaria sentado ali, balançando a xícara de chá, sem dizer nada.

Portanto, a sala de estar de mrs. Crowe tinha pouco em comum com os celebrados salões dos memorialistas. Gente inteligente ia lá com frequência — juízes, médicos, membros do Parlamento, escritores, músicos, viajantes, jogadores de polo, atores e completos anônimos —, mas se alguém dissesse uma coisa brilhante isto era sentido quase como uma gafe, um acidente que se ignorava, como um acesso de espirros ou alguma catástrofe com um bolinho. A conversa de que mrs. Crowe gostava e que a inspirava era uma versão glorificada do mexerico da cidade. A cidade era Londres, e o mexerico era sobre a vida de Londres. Mas o grande dom de mrs. Crowe consistia em tornar a metrópole tão pequena quanto uma aldeia, com uma igreja, um solar e vinte e cinco chalés. Mrs. Crowe tinha informação de primeira mão sobre cada peça, cada exposição de pintura, cada julgamento, cada caso de divórcio. Ela sabia quem estava casando, quem estava morrendo, quem estava na cidade e quem estava fora. Ela mencionava o fato de que acabara de ver o carro de *lady* Umphleby passar, e arriscava o palpite de que ia visitar a filha cujo bebê nascera na noite anterior, exatamente como uma mulher da aldeia fala sobre a esposa do juiz de paz dirigindo até a estação para receber mr. John, que estaria voltando da cidade.

E enquanto mrs. Crowe fazia essas observações pelos últimos cinquenta anos ou algo assim, adquiria um surpreendente arquivo sobre a vida de outras pessoas. Quando mr. Smedley, por exemplo, disse que sua filha estava noiva de Arthur Beecham, mrs. Crowe observou imediatamente que nesse caso ela seria uma prima em terceiro grau de mrs. Firebrace, e num certo sentido sobrinha de mrs. Burns, pelo primeiro casamento com mr. Minchin de Blackwater Grange. Mas mrs. Crowe não era nem um pouco esnobe. Era apenas uma cultivadora de relações; e sua surpreendente habilidade nesse campo servia para dar um caráter familiar e uma personalidade doméstica às suas colheitas, pois muitas pessoas se espantariam de serem primos em vigésimo grau, se soubessem disso.

Portanto, ser admitido na casa de mrs. Crowe significava tornar-se membro de um clube, e o pagamento exigido era a contribuição com um número de tópicos de mexerico por ano. O primeiro pensamento de muita gente quando a casa incendiava ou os canos rebentavam ou a criada fugia com o mordomo deve ter sido: "Vou correr até mrs. Crowe e lhe contar isso." Mas nisso também as distinções precisavam ser observadas. Certas pessoas tinham o direito de aparecer na hora do almoço; outras, em maior número, podiam ir das cinco às sete horas. A classe que tinha o privilégio de jantar com mrs. Crowe era pequena. Talvez somente mr. Graham e mrs. Burke realmente jantassem com ela, pois mrs. Crowe não era rica. Seu vestido preto estava um tantinho gasto; seu broche de diamante era sempre o mesmo broche de diamante. Sua refeição favorita era chá, porque a mesa do chá pode ser suprida economicamente, e há uma maleabilidade no chá que combinava com o temperamento gregário de mrs. Crowe. Mas fosse almoço ou chá, a refeição mostrava um caráter distinto, exatamente como um vestido ou a joia que usava combinavam com ela à perfeição, traziam em si uma moda própria. Haveria um bolo especial, um pudim especial, algo peculiar a casa e tanto parte dela quanto Maria, a velha criada, ou mr. Graham, o velho amigo, ou o velho *chintz* da poltrona, ou o velho carpete no assoalho.

É verdade que mrs. Crowe deve ter saído algumas vezes, convidada para almoços e chás de outras pessoas. Mas em sociedade ela parecia furtiva, fragmentária e incompleta, como se tivesse meramente passado para uma espiada no casamento ou na reunião noturna ou no funeral, a fim de recolher as migalhas de notícias de que precisava para completar seu próprio estoque. Por isso, era raramente induzida a sentar-se; estava sempre voando. Parecia deslocada entre as mesas e cadeiras dos outros; precisava ter seus próprios *chintzes*, seu próprio armário e seu próprio mr. Graham junto a ele a fim de ser completamente ela própria. À medida que os anos foram passando, as pequenas incursões no mundo exterior praticamente cessaram. Mrs. Crowe construiu seu ninho de modo tão compacto e completo que o mundo exterior não tinha uma pena ou um graveto a lhe acrescentar. Além disso, seus próprios camaradas lhe eram tão fiéis que podia confiar neles para transmitir qualquer noticiazinha que ela devesse acrescentar à sua coleção. Era desnecessário que abandonasse a própria poltrona junto ao fogo no inverno, ou junto à janela no verão. E com a passagem dos anos seu conhecimento não se tornou mais profundo — a profundidade não era a linha de nossa anfitriã —, e sim mais redondo e completo. Deste modo, se uma nova peça fazia um grande sucesso, mrs. Crowe conseguia no dia seguinte não só registrar o fato com uma pitada de mexerico divertido dos bastidores, como também podia remeter-se a outras estreias, nos anos 1880, 1890, e descrever o que Ellen Terry usara, o que Duse tinha feito, o que o querido mr. Henry James comentara — nada muito notável talvez; mas enquanto falava, era como se todas as páginas da vida de Londres nos últimos cinquenta anos fossem levemente folheadas para sua diversão. Havia muitas, e suas ilustrações eram vivas e brilhantes, e de pessoas famosas; mas mrs. Crowe de modo nenhum vivia no passado, de modo nenhum o exaltava acima do presente.

Na verdade, era sempre a última página, o momento presente que mais importava. O delicioso de Londres era que sempre dava ao indivíduo algo novo para observar, algo fresco sobre o que falar. Era preciso apenas manter os olhos abertos e sentar em sua própria poltrona das cinco às sete horas todos os dias da semana. Enquanto mrs. Crowe sentava-se com os convidados em torno de si, dava de tempos em tempos uma rápida olhadela de pássaro por cima do ombro para a janela, como se tivesse meio olho na rua, meio ouvido para os carros e ônibus e os gritos dos jornaleiros lá fora. Ora, algo novo podia estar acontecendo naquele mesmo instante. Não se podia passar tempo demais no passado: não se devia dar uma atenção total ao presente.

Nada era mais característico e talvez um pouco desconcertante do que a ansiedade com a qual mrs. Crowe erguia os olhos e interrompia a frase no meio quando a porta sempre se abria e Maria, que se tornara muito corpulenta e um pouco surda, anunciava uma nova visita. Quem estaria prestes a entrar? O que teria a acrescentar à conversa? Mas sua habilidade em extrair fosse o que fosse que poderiam oferecer e sua destreza em atirar a notícia no cotidiano, eram tais que nenhum dano ocorria; e fazia parte de seu peculiar triunfo que a porta jamais se abrisse com demasiada frequência; o círculo nunca ultrapassava sua possibilidade de controle.

Assim, para conhecer Londres não apenas como um espetáculo deslumbrante, um mercado, uma corte, uma colmeia de indústria, mas como um lugar onde pessoas se encontram, conversam, riem, casam-se e morrem, pintam, escrevem e atuam, mandam e legislam, era essencial conhecer mrs. Crowe. Era em sua sala de estar que os inúmeros fragmentos da vasta metrópole pareciam juntar-se num todo animado, compreensível, divertido e agradável. Viajantes ausentes por anos, homens esgotados e ressecados pelo sol, recém-chegados da Índia ou da África, de remotas viagens e aventuras entre selvagens e tigres, iam direto para a casinha na rua quieta para serem conduzidos novamente ao coração da civilização numa única pernada. Mas nem a própria Londres podia manter mrs. Crowe viva para sempre. E é fato que um dia ela já não estava sentada na poltrona junto ao fogo quando o relógio bateu cinco horas; Maria não abriu a porta; mr. Graham separara-se do armário. Mrs. Crowe está morta; e Londres, embora Londres ainda exista, jamais será de novo a mesma cidade.

A história de *Cenas londrinas*

Os seis ensaios nesta edição completa de *Cenas londrinas* foram originalmente publicados na revista *Good Housekeeping*. Virginia Woolf os escreveu na primavera de 1931, e eles foram publicados bimestralmente a partir de dezembro daquele ano e no decorrer de 1932.

Com a inclusão da sexta cena, "Retrato de uma londrina", os seis ensaios sobre a vida de Londres estão publicados juntos pela primeira vez. As primeiras cinco vinhetas foram reunidas antes — na América, por Frank Hallam, numa edição limitada, apenas 750 exemplares (1975), e, no Reino Unido, pela Random House (1982), sob o selo da Hogarth Press, que os próprios Leonard e Virginia Woolf fundaram em 1917.

Há diversas referências sobre *Cenas londrinas* nos diários de Virginia Woolf. No dia 17 de fevereiro de 1931, apenas dez dias após terminar sua obra-prima, *As ondas*, Woolf pondera qual devia ser o conteúdo do novo texto que lhe fora encomendado. Um mês depois, em 16 de março, ela escreve sobre suas visitas à casa de Thomas e Jane Carlyle, em Chelsea, e à casa de Keats, em Hampstead, evidentemente pesquisando o terceiro ensaio, "Casas de grandes homens".

Ela fez excursões ulteriores para recolher material pelo mês afora. A 20 de março, visitou as docas, acompanhada por Leonard Woolf, Vita Sackville-West e o embaixador persa, numa lancha alfandegária do Porto de Londres. A saída fora organizada pelo marido de Vita, Harold Nicolson, com quem ela fez uma segunda visita ao mesmo local no dia 24. Seis dias depois, ela esteve na Câmara dos Comuns com Leonard para ouvir uma sessão; e no dia seguinte, um serviço em memória de Arnold Bennett levou-a à igreja de St. Clement Danes, no Strand.

Woolf voltou por uma semana à casa de Monk, seu lar no Sussex, a 2 de abril, para completar o trabalho. De volta a Londres, em 11 de abril, tendo terminado de escrever as seis peças, a escritora refere-se às intermináveis emendas da edição, observando que o trabalho a forçara a adotar uma escritura ligeiramente nova. Ela terminara todos os seis artigos e mais dois outros ensaios críticos para o *The Times* no decorrer de um mês.[3]

Cenas londrinas flui contra a maré do Tâmisa, impele o leitor para oeste através da cidade, da agitação das docas na margem leste, através das ondas dos lojistas em Oxford Street, a Chelsea no oeste. Após visitar as casas dos grandes homens e a Câmara dos Comuns, a caminhada termina onde começou, de volta ao leste.

Virginia Woolf era londrina. Adorava andar pela cidade e navegar por suas ruas. Observava anonimamente, admirava a história local e enxergava o "encanto da moderna Londres" através dos olhos de grandes homens e londrinos comuns.

Exibindo a capacidade única da autora em dissecar e refrescar nossa visão do familiar, *Cenas londrinas* é um exemplo pequeno mas valioso do trabalho de Virginia Woolf e uma digna adição ao cânone literário da capital, reivindicando seu lugar como uma rota para essa mais complexa e inexaurível das cidades.

---

3. Virginia Woolf, *The Diary of Virginia Woolf*, org. Anne Olivier Bell.

Índice de pessoas e lugares

Alemanha 29, 74
América do Sul 23
Austrália 23, 33
Barking Reach 21
Brawn, os 50
Brighton 50
Burke, Edmund 75
Câmaras do Parlamento 67-78
Carlyle, os 17, 45-50, 90
Chaucer, Geoffrey 7, 15, 61
Chelsea 50, 90, 91
Colchester 22
Coleridge, Samuel Taylor 54
Croydon 42

Disraeli, Benjamin 60, 62, 70
Dorset, conde de 38
Dryden, John 61
Elizabeth I, rainha 40
Erith Reach 21
Essex, conde de 77
Fawkes, Guy 77
Gallion's Reach 21
Gladstone, William Ewert 60, 62, 64, 67, 70, 72, 76
Granville, conde de 67
Gravesend 21
Greenwich Hospital 26
Hampstead 50, 51, 90
Harwich 22

Hyde Park 70
Índia 23, 26, 33, 88
Jonson, Ben 56
Jowitt, sir William 72
Keats, John 45, 50-54, 90
MacDonald, Ramsay 72, 76
Marble Arch 36
More, sir Thomas 77
Nelson, Horatio 59
Northfleet 21
Northumberland, duque de 38
Palmerston, Henry John 70, 72, 76
Paris 42, 74
Parliament Hill 54
Parliament Square 72
Pitt, William 72, 75
Russel, lorde John 67

Rússia 23
St. Clement Danes 63, 90
St. Mary-le-Bow 56, 57
Salisbury, conde de 38
St. Paul, catedral de 55, 57, 58, 59
Shakespeare, William 54, 56
Somerset, duque de 38
Spenser, Edmund 61
Strand 38, 63, 90
Surbiton 42
Tâmisa 23, 91
Tilbury 21
Torre de Londres 27
Tower Bridge 26
Westminster, abadia de 17, 59
Westminster Hall 77

Este livro foi composto na tipografia
Palatino Lt Std, em corpo 12/18, e impresso em
papel off-white no Sistema Digital Instant Duplex
da Divisão Gráfica da Distribuidora Record.